そこのけ、そこのけ、アタシが通る!!

原 なつ美
HARA Natsumi

イラストレーター
平松昭子

文芸社

目次

六畳一間で親子五人

「イヤだ。アタシもかつぐ」

二つ上のアンちゃんがかつぐ神輿に向かって、アタシは叫んでいた。

あれは、確か、まだ東京にいた頃の記憶だから、アタシが三歳の時だ。「女は乗せない戦闘機」じゃないが、昭和二十七、二十八年頃は、まだまだ男女平等なんて絵空事。男の世界が、何をするにも幅を利かせていた。

アンちゃんと四つ下の弟の間にはさまれて育ったアタシは、お手玉やおはじきよりも、メンコやビー玉が好きな女の子だった。

アンちゃんが誰かにやられて泣きながら帰ってくると、アタシは棒きれを持って、そいつをやっつけに行った。いつしか、近所でも評判のお転婆になっていた。

そして、十歳の夏祭り。

アタシは、お転婆仲間数人と、腹にサラシを巻き半ズボンで、神輿をかつぐ男の子たちの中に入っていった。

世話役のおじさんや周りの人は一瞬驚いていたが、結局、神輿はそのまま神社まで男女混合でかつがれていった。

次の年の夏祭りには、女の子専用の樽神輿が用意されることになった。


両親は建具職人のオヤジと専業主婦のオフクロ。オヤジは、腕はいいが短気で大酒飲みだった。仕事先の奥さんが、朝の十時と昼の三時、「お茶の時間」ということでお茶とお菓子を用意してくれても、「俺は、おチャケがイイ」と言って、冷やで一杯やっていたとオヤジの仕事仲間がよく言っていた。

仕事が終わっても、まっすぐ家に帰るなんてことはほとんどなく、毎晩飲んで、上機嫌で帰ってきた。

三日に一度は寿司折やら焼き鳥やらのお土産付きで帰ってきた。その時刻には、アタシら子供たちは寝付いていたが、オヤジは大声でアタシらをたたき起こし、とにかく、その土産をその日のうちにアタシらに食わせないと気が済まない、そんなヤツだった。

たまに飲まずに帰ってきたかと思ったら、夕飯の最中、何が気に入らなかったのか、食卓をひっくり返すこともたびたびあった。

給料日前で金がなく、酒は一升瓶に残り少なく、それを飲みほしてもまだ飲み足りないオヤジが、春団治さながら「酒だ。酒、酒、買ってこい!!」とどなりちらし、オフクロをぶんなぐっていた光景が今でもアタシの脳裏に焼き付いているくらいだから、そうとうの飲んべぇだったことは、まちがいない。

自宅は持ち家だったが、六畳一間で親子五人暮らし。ビンボーだった。

アタシは特別奨学生

アンちゃんは家計を助けるため、小学四年生から新聞配達のバイトをしていた。中学を卒業すると、町工場の職工として社会へ出ていった。アタシも当然、中卒で就職と思っていたが、進路相談の時、「就職します」と答えたら、担任の先生をはじめ何人もの先生が入れかわり立ちかわりに夜ごと家へやってきては、オフクロに高校へ進学させるよう説得にあたった。

ちなみにアタシの成績は、五段階評価で平均四・五だった。

私立は学費が高いので、公立に受かったら進学させるという条件で、アタシは高校受験にチャレンジした。

その年、神奈川県が「大学への進学校」として新設した県立校の競争倍率三・七倍。定員二百名、うち女子は七十名の、神奈川県立横浜日野高校にアタシはみごと合格した。第一期生として、アタシの高校生活がスタートした。

中学から高校へ提出された内申書に我が家のビンボーぶりが記入されていたのかどうかは定かではないが、アタシはある日、担任に呼ばれ、横浜市の特別奨学生に推薦すると言われた。

奨学生というのは、奨学金をもらいながら勉強するということだが、高校を卒業したら奨学金を返済する義務がある。ところが、それに「特別」という文字が付くことによって、返済の義務はないが「条件」があった。

返済しない代わりに、在学中の成績は学年で十位以内をキープすること。

「ヨーッシャ、やったるデェ!!」

またしてもアタシの闘争心がメラメラと燃えてきた。

アタシはその日から、鬼のように勉強した。学校から帰ると、まず寝た。そして、夜十時頃から朝の三時まで、一日平均五時間は勉強した。

六畳一間で五人暮らしの我が家では、夜寝る時にオヤジ用、オフクロとアタシ用、アンちゃんと弟用の三組しか布団が敷けなかった。

そして、布団を敷いてわずかに空いたスペースに食卓があった。その上にスタンドを置き、灯りがみんなの寝顔にあたらないよう、スタンドに布きれをかぶせた。しーんと静まり返った部屋に、ボンナイフで鉛筆の芯を削る音だけがシャカシャカと響いていたことを、アタシは今でも忘れない。

日曜になると野毛にある県立図書館へ通った。自分で作った弁当を持って、朝の八時半から夕方五時まで、そこで勉強した。当時、図書館には自習室というのがなかった。あくまでも本を閲覧するための机と椅子が用意されていた。アタシは本の閲覧を装って、なるべく人目につかない窓ぎわの一番端の席を定席にしていた。とりあえず、借りた本を広げ、それを読むふりをしながら、本命の教科書とノートを広げ、せっせと予習、復習に励んだ三年間だった。

入学したのが「大学への進学」を目標に新設された高校だったので、当然、ほとんどの生徒が進学を希望した中で、これまたアタシは進路相談の時、「就職します」と答えた。

アタシの成績は十段階評価で平均八・九だった。中学の時と同様、何人もの先生が進学を勧めたが、アタシはきっぱりと断った。

学費は奨学金でまかなったとしても、オヤジやオフクロの生活費がアップアップだった。アタシが働いて家にお金を入れないことには……それくらい、我が家の家計はひっ迫していた。

二百名中、就職組は十名もいなかった。進学校の一期生。就職の実績はゼロ。学校がアタシたちにできる就職対策は、リクルート社が出している「会社案内」一冊を差し出すのみ。

アタシ以外の就職組はコネを頼りに次々と内定を決めていった。職人の娘のアタシに、そんなたいそうなコネなどなかった。

アタシは、とにかく初任給の一番いい会社を探した。当時、ＮＨＫ

と飲料メーカーＫ社が群を抜いていた。就職組を担当していた先生が、一応、二社に問い合わせてくれた。

ＮＨＫは「来年度の採用はありません」と。飲料メーカーＫ社は「現場の女子工員なら八十名、事務職は若干名の採用です」とのことだった。

アタシは次の日、Ｋ社の採用担当者を訪ねていた。そして、「事務職は若干名」について探りを入れた。冷静に考えれば、当時の事務職に要求されるのは算盤《そろばん》。当然、普通科と商業科では後者のほうが有利。

担当者は言った。

「事務職と言っても、会計課以外は朝から晩まで算盤やってるわけじゃないから……まあ、算盤は、できないよりできるほうがいいけど、普通科でも優秀な人材は採用しますヨ」

とりあえず、その日は「募集要項」をもらい、家路についた。

入社試験当日。会場には男女合わせて二百名ぐらいの応募者があふれていた。

筆記試験は百パーセント自信があった。

面接は五名一組だった。面接というものは、試験官に質問されたことに答えるというのが普通なんだろうが、アタシはどうしても受かりたかったので、気がついたら、なんとなんと、二十分ぐらいは一人でしゃべっていたような気がする。

自己ＰＲ。つまり、アタシを採用した時のメリット。採用しなかった時のデメリットについて、人事担当者のおエライさん相手に十八歳の小娘が、よくもまあ大見栄が切れたものと、今にして思えば穴があったら入りたい。

面接室を出てから、一緒に臨んだ五人組の一人が言った。

「私はコネで入社が決まっているけど、たぶん、アンタも合格すると思う。アンタみたいな女子高生、初めて見たヨ。入社したら仲良くしようネ」

一週間後、Ｋ社の合格通知が届いた。

アタシはその日から、家に帰ると、学校の勉強以外に算盤の練習を始めた。

花の命は短くて

昭和四十三年三月二十一日。

アタシは晴れてK社の入社式に臨んでいた。

配属されたのは労務課だった。労務課では人事関係もやっていたので、今回の入社に関する書類を、後日、目にする機会があった。事務職希望女子八十名中採用八名。アタシはトップで合格していた。

こうして、輝かしいスタートを切った私のOL生活だったが、それは長くは続かなかった。

当時、会社はまだまだ封建的だった。「東大卒」の肩書きが神のように崇められていた。五十過ぎの工場の職長が、東大出の新卒に、米つきバッタのように頭を下げまくる光景が当たり前だった。「職場の花」なんていう言葉がまかり通っていた。

女性社員は男性社員のアシスタントだった。朝は男性社員よりも早く出社し、みんなの机の上を雑巾で拭いて、みんなが出社したらお茶を淹れて配り、上司の机に花を飾り（花代は女性社員が割りカンで負担していた）などなど。その他、お昼の出前の注文取り、時には、「タバコ買ってきて」なんてのもあったっけ。

確かに、給料面では文句のつけようはなかったが、今まで小・中・高校と、男なんてそこのけ、そこのけと蹴倒してきたアタシの生き方とくらべたら、これは違う。アタシがぜんぜん生かされていない!!アタシを生かせる職場が他にあるんじゃないか？　そんな思いで日々を送っていたある日、アタシの目は、新聞に載っていたある会社の求人欄に吸い寄せられた。それは、日本人なら誰でも知っているような大会社ではなかった。

「Gインターナショナル」

なんだ、なんだ、コリャア、なんの会社だ。

「男女不問　学歴不問　年齢不問　自由出社　高給優遇　委細面談」

気がついたら、アタシはそこへ電話を入れていた。

次の日、さっそく面接に行った。本社は渋谷にあった。

本部長という肩書きの、年の頃なら四十前後のえらくハイセンスな男が開口一番、アタシに言った。

「君はすばらしい。君は営業向きだ。イヤ、君のその笑顔なら、必ずトップセールスマンになれる」

そして、仕事の内容、給与面の説明があり、アタシは即採用となった。

まだＫ社に在職していたので、実際の入社は一ヵ月後ということになった。

昭和四十五年一月。

アタシは、しっかり冬のボーナスをもらってからＫ社を退職した。

一年九ヵ月の花のＯＬ生活は、こうして幕を閉じた。

これぞ、
天職!!

「Gインターナショナル」という会社は、英語の百科事典の訪問販売の会社だった。

当時、百科事典と言えば、平凡社の『ジャポニカ』が世間的には知られていた。

それに、百科事典を購入する層と言えばごく限られている。ましてや、英語の百科事典。いったい、どこのどんなヤツが買うというのか？　むろん、世間一般のサラリーマン世帯は買わない!!　イヤ、買えない。それほど高価だった。

ターゲットは、中流以上の世帯。一つはステータスとして、リビングのお飾り用。もう一つは、英語コンプレックスに陥っている親の懐に入り込み、その子供の教材として、英会話習得用のテープと抱き合わせにして、というヤツ。これがヒットした。

五十年前、訪問販売の女性のセールスマンと言えば、せいぜい化粧品か生命保険のオバちゃんという時代だった。

二十歳の、しかも女性のセールスマンなんて、この業界でもきわめてマレな存在だった。

訪問先は、電話帳を頭からしらみつぶしにかけまくって見つけた。「モシモシ」から始まって、「それでは○月○日○時にお伺いさせていただきます」。このアポ取り段階からすべて、セールストークはアメリカ流。つまり、完全マニュアル化されていた。

アポさえ取れれば、あとは行ってのお楽しみ。中流以上の家庭であれば、百発百中、成約していった。それくらいすばらしいセールストークだった。

「お願いします」「買ってください」という日本式物売りではなく、アタシの話を聞き終わった客は、「それが欲しい!!」と、みんな客のほうから口走っていた。

一セット三十万円。一件成約して、アタシのフトコロには十万円が転がり込んだ。一ヵ月に三セット成約したら三十万円!!

約五十年前、二十歳の高卒の女の子が月に三十万円の収入。これこそ私の生きる道、まさに実力主義。これこそ私の天職!!

有名会社がなにサ。

東大卒がなにサ。

男がなにサ。

年功序列がなにサ。

今に見ていろ。絶対、この業界でトップを張ってやる!!

降りしきるボタン雪の中、商品見本の入った重さ五キロのカバンをかじかんだ手に持ち、心に誓った二十歳のアタシがそこにいた。

だが、この至福の時も長くは続かなかった。

同業他社の、客がイエスと言うまで、夜中まで客の家に居座るという強引な契約の取り方が新聞でたたかれ、消費者団体でたたかれ、アポが全く取れなくなってしまった。

いわゆる給料制ではなく「売れてナンボ」のこの世界。この状況じゃ、飯が食えない。くしの歯が欠けるように百名いた社員が次々と辞めていった。

アタシも結局、一年足らずでそこを辞めた。それでも、この一年間で身についたセールスマンとしての話術が、根性が、今日までのおよそ四十年間のアタシのセールスマン人生の原点になっているのは確かなことである。

結婚した男はDVだった

昭和四十六年五月。

アタシはTと結婚した。

Tは飲料メーカーK社の工場の職工で、労組の幹部だった。アタシはK社に入社してすぐ労組の婦人部長に推され、Tと親しくなった。

Tはなかなかの読書家で博識だったので、周りの人望も厚かった。当時、業界の全国労組の中央執行委員という肩書きで、K社の横浜工場に籍を置きながら、東京の南青山の全国労組本部まで毎日通勤していた。

春闘の時期には労使の交渉が長びくこともたびたびあり、アタシは労組本部近くの喫茶店で三、四時間彼を待ち続けたこともあった。夜の十時半過ぎに労使交渉を終えた彼がアタシの前に現れる、なんていうのもザラだった。さて、それから食事といっても、今と違い、その時間帯にやっている店と言えばラーメン屋と深夜喫茶ぐらいしかなかった。

アタシたちはラーメン屋で腹ごしらえをし、それから深夜喫茶へ入り、何時間もしゃべり続けた。気がつけば、終電はとっくに出た後だった。

当時は、嫁入り前の娘が朝帰りしたなんてことが隣近所に知れたら、親がどんなに肩身の狭い思いをするかという時代だったので、アタシはあせった。

Tは迷うことなくタクシーを拾い、横浜へ向かった。アタシを家の前で降ろすとそのまま、早朝に予定されている労使交渉に臨むため、再びタクシーを南青山まで走らせていった。

往復で二、三万円はかかったと思う。そんな夜が何度もあった。

彼が中央執行委員の任期を終えて横浜工場へ帰ってきた時、アタシはすでに退社していたが、アタシたちのつき合いは続いていた。

そして、アタシが訪問販売会社を辞めたのを機に結婚することにしたのだった。

T、二十七歳。アタシは二十一歳だった。

Tはアタシが専業主婦になることを望んでいた。アタシも別にそれでイイと思った。毎朝せっせと早起きし、Tのために弁当を作ることに喜びを感じていた。

アタシが作る弁当は、そりゃあ手の込んだものだった。Ｔの職場でも評判だったと、Ｔは得意げにアタシに言っていた。Ｔを送り出した後、アタシは料理の本と首っぴきで夕食の献立を考え、材料の買い出しに走り回り、Ｔが帰宅する頃には、テーブルの上には十皿以上の料理が並んでいた。Ｔは、それらの料理を、一杯やりながら二時間ぐらいかけて楽しんでいた。

ところが、これは結婚してからわかったことだが、Ｔは、そうとうな飲んべえだった。

新婚当初はまっすぐ帰宅していたが、だんだん帰宅が遅くなるようになった。仕事帰りに飲んで帰るのが当たり前になっていた。そして、飲めば飲むほど、Ｔはまるで人格が変わったかのような言動に出ることがたびたびあった。

ある時、いつものようにTの帰りを待っていると、近所の交番から電話があった。

「お宅のご主人の自転車とカバンが届いています。引き取りに来てください」

アタシはとりあえず交番へ行き、それらを受けとった。

家に帰るとTはすでに帰宅していた。

ものすごい形相でアタシの髪の毛をつかむと押し倒し、「こんな時間に、どこへ行っていた!!」とわめきながらアタシをコテンパンにたたきのめした。それまでアタシが知っていたTのおだやかな性格からして、とうてい理解できないTのもう一つの顔を、アタシはこの時見たのだった。

翌朝、紫色に腫れあがったアタシの顔や手足を見ても、Tは覚えてないと言い張った。たとえ帰宅が夜中零時過ぎであろうが、ベロベロに酔っていようが、夜の食事はしっかり家で食べるというTの生活態度に、アタシはだんだん疑問を抱くようになっていった。

アタシに対する思いやりなどというものは、全く感じられなかった。いわゆる外ヅラの良い分、アタシがTのウサ晴らしの対象にされることに、アタシは限界を感じるようになっていた。

そんな矢先、アタシは妊娠した。

ヤバイ!!

これがその時アタシが感じた本音だった。惚れて一緒になったとばかり思っていた男のＤＶに耐えられなくなりつつあったアタシ。即離婚とまでは考えていなかったが、この生活が長く続くとは思っていなかった。だからと言って中絶は考えられない。せっかく宿った命だ。大切に育ててやりたい。

本来なら、両親が仲の良い家庭に生まれてこそが子の幸せ。だが、そうとも言っていられないケースもある。

ゆくゆくはＴと離婚し、私一人でこの子を育てなくてはならなくなるかもしれないが、その時はその時。

とりあえずは、元気な子が生まれますようにと、日に日に大きくなっていくお腹をさすりながらアタシは覚悟を決めた。

出産、再び
セールスの道へ

昭和四十七年一月二十一日。

アタシはAを出産した。

三千九百七十グラムの立派な男の子だった。

「やった‼」

男の子だったということがアタシにとっては、ヒット、いや、ホームランだった。

これからどういう人生を歩いていくのか定かではないが、どんな荒波がこの子を待ち受けていようが、アタシは全力でおまえを守り抜いてみせる。

そう誓ったアタシだった。

この一月二十一日という日は、Tの誕生日でもあった。

Tが並の父親の感性というものを持っていたなら、息子の誕生、ましてや自分と同じ誕生日の我が子に対して狂喜乱舞してもしかるべきところだが、Tに関しては、それはなかった。

Tの生活態度は、それまでとちっとも変わらなかった。

このままじゃダメだ。

とにかく自分に経済力がないことにはTからの独立もムリ。アタシも働こう。ただし、Aが乳離れするまでは何があろうとこの子は母乳で育てようと決めた。

子育ての傍ら、アタシはまず保育園を探した。Tの年収が高かったので公立の保育園はムリだった。

幸い、家と最寄り駅の中間に私立の保育園があった。保育料は五万円だった。アタシはAをそこに預けることにした。

問題は、Aを保育園に預けてまでアタシが働くということを、Tが絶対に許すわけがないということだった。

それでもアタシは賭けてみた、この一言に。

「アタシは、子供はA一人でいいと思う。そのかわり、Aが将来、親や兄弟を頼らなくても一人で考え、一人で行動できる人間に育てたい！！　それには、できるだけ多くの人と接したほうがいいから、乳離れしたら保育園へ入れて、アタシは働くワ。Aには、いろんなケイコごともさせたいし……。それに、アタシが働くようになったらアンタの小遣いをアタシの給料の中から毎月五万円あげる」

当時、Tは自分の給料の中から毎月五万円を小遣いにしていた。

一般のサラリーマンの小遣いは平均一万五千円ぐらいだった。今までの小遣いプラス五万円。

外ヅラの良いＴは、店での飲食代は、いつも仲間の分まで支払っていた。

アタシのこの一言に、予想以上に簡単にのってきた。

Ａが一歳の誕生日を過ぎ、完全に乳離れをした時点で、アタシはＡを保育園に入れ、再びセールスマンとして一歩踏み出すことになった。

それは、「Ｂローン」という会社だった。「文字のない絵本」「クラシックのＬＰレコード」「子供用カラー百科事典」「子供用文学全集」

それらをセットにした、やはり訪問販売の仕事だった。

井深大氏の著書『幼稚園では遅すぎる』がベストセラーになり、世間の母親の間では、早期教育に対する関心が高まっていた。

仕事の形態は、いわゆる「飛び込み」。給料は、売ってナンボのフルコミッション制だった。アタシはなるべくムダな労力と経費をかけたくなかったので考えた。

当時は、住民票の閲覧は自由だった。

まず、区役所へ行き、交通費のかからない範囲の住民票を閲覧し、三歳未満の子供のいる世帯をノートに書き写していった。

次の日から、それをもとに「ごめんください」が始まった。

G社時代の話術がよみがえり、アタシは初回から契約をバンバン取っていった。

保育料の五万円、Ｔへの小遣いの五万円を差し引いても余りあるお金がアタシの手元に毎月残った。

Ｂローン社の営業所所長は話のわかる男で、子供の小さいアタシに配慮し、出社は週一度。契約書の締め日だけでイイと言ってくれた。

アタシは、自分が扱っている商品が本当に効果のあるものなのか、Ａに試してみることにした。

夕方、Ａを保育園から家に連れて帰ると、クラシックのレコードをかけ、音楽を部屋中に流した。

Ａが寝る前には「子供用文学全集」のアンデルセン童話、イソップ物語、「ピーターパン」やら日本昔話やらを毎晩読み聞かせるのが日課になった。

そのせいかどうか、Aは二歳を過ぎた頃から保育園にある絵本を片っぱしから大きな声で読み始め、園長をはじめ保育士さんたちを驚かせた。

このことがあってから、アタシのセールストークには、ますます説得力が加味されていった。

教育ママの鬼と化したアタシ

アタシはＡをなんでもできる子にしたかった。

お勉強だけじゃなく――。

Ａが三歳になる頃には、一週間まるまるおケイコごとでスケジュールはうまっていた。スイミング、体操、お絵かき、エレクトーン、書道、算盤、サッカー。土日はかけもちだった。

Ａにとっても、アタシにとっても、ハードな毎日だった。

アタシはＡをそれらの達人にさせたかったわけではない。一人っ子のＡが、なるべく多くの子供の世界（隣近所とか、学校の友達以外の――）を知ることによって、誰とでもうまくコミュニケーションを築ける術《すべ》を身につけてくれたらという思いがあった。

おかげでＡは、小学一年生の夏休みには親元を離れ、教育者で政治家の井脇ノブ子先生率いる「少年の船」の二週間の合宿生活に参加しても涙一つ見せず、まっ黒に日焼けし、たくましくなって帰ってきた。三年生の時には、ＹＭＣＡのホームステイでカナダまで行ってきた。

　Ａが生まれてこのかた、父親のＴはＡに対して全く無関心だった。世の父親のように休日に行楽地に連れていくことも、キャッチボールをすることも皆無だった。上野動物園へパンダを見に行ったのも、東京タワーへ連れていったのも、アタシだった。

　その頃のＴは、家の中では自分の世界にこもりがちだった。帰宅は毎晩遅かった。そして、毎晩飲んで帰ってきた。それでも、アタシはＴが満足する夕食の用意とＴの弁当作りは続けていた。

Aが小学四年生になった時、アタシは中学受験のため、Aを進学塾へ入れた。

県下でもナンバー1の進学塾だったので、その授業についていくには家での予習、復習もハンパじゃなかった。

小学生の子供が、帰宅してから夜中の一時過ぎまで机にへばりつかなくては志望校に入れないなんて、教育制度は狂っていた。

アタシは、そんなAにつき合うため、仕事を辞めた。

Kとの運命的出会い

アタシはAの塾の送り迎えのため、車の免許を取った。そして、車を買った。

アタシが免許を取ったことも、車を買ったこともTは知らなかった。当時住んでいた社宅に駐車場はなかったので、歩いて五分の所の月極駐車場に車を停めていた。アタシが車を買ってから三ヵ月ぐらいたった頃、Tは社宅の同僚からそれを知らされた。

「オレに黙って、勝手に車なんか買いやがって!!」

その日もベロベロに酔って帰ってきたTは、アタシになぐる蹴るの暴力三昧だった。

アタシは耐えた。この嵐が通り過ぎるのを——。

されるがままに、ただただ、じっと耐えていた。

その時、アタシは心の中で、一人の男性のやさしいおもかげを思い浮かべていた。

それは、アタシが車を買ったM社のセールスマンK。


Kとは、アタシの友人の紹介で知り合った。免許を取ってから半年間、運転のブランクがあったアタシは、車に慣れるまでのしばらくの間、同乗指導をしてくれることを条件にKから車を買ったのだった。

昭和五十六年三月。

アタシ三十一歳、Kは三十七歳。

まさに女盛り、男盛り。

それがアタシとKの運命的な出会いだった。

納車のその日からＫの指導は始まった。

Ｋの車をアタシの月極駐車場に入れ、アタシの車でアタシたちは新横浜の駅前を目指した。

そこは、今とはくらべものにならないくらい空き地が点在していた。車の練習にはうってつけの場所だった。免許取りたての仲間の間では、練習にはもってこいの場所として知られていた。縦列駐車もままならなかった初めの頃とくらべると、ウソのようにアタシの技術は上達していった。

そんな日が一週間ほど続いたある日、Ｋは言った。

「今日は、高速道路で御殿場まで行ってみよう」

初めての高速走行に緊張していたが、信号もない、歩行者もいない道路を文字通り時速百キロ以上のスピードで突っ走ることに、アタシはだんだん快感を覚えるようになっていった。

広島に本社のあるM社からこの横浜に出向という形で来ていること。任期は三年で、あと一年したら本社に帰るということ。広島に奥さんと中学二年生の息子、小学五年生の娘を残し、単身赴任しているということ。Kはポツリポツリと身の上話を始めた。

気がついたらアタシもしゃべっていた。自分のことを――。

「信じられない。K社みたいな一流会社に勤めているダンナが酔うたびに女房に暴力をふるうなんて――会うたびにいつも笑顔の人が、そんな生活に耐えていたなんて……苦労してるんだなあ……」

Kはそう言ってアタシの肩を抱き寄せ、そっと唇を重ねた。

昼間は晴れていたのにいつしか雪が舞っていた。三月の中旬だというのに――。

横浜インターを降りた時には、雪は道路に積もり始めていた。

「アタシ、帰りたくない」

車の練習でたびたび利用していた新横浜駅前には巨大なモーテル街が広がっていた。

「つれ込み旅館」という言葉がまだ生きていた八十年代。「モーテル」という響きのこじゃれた感じが人気を呼んでいた。その中の一つ、「エンペラー」でアタシとKは結ばれた。それはそれはステキな、忘れられない出来事となった。その日からアタシとKは、第二の人生に向けて踏み出したのだった。

アタシが家に帰った時、幸いにもTはまだ帰っていなかった。しばらくするとAが塾から帰ってきた。

「お母さん、なんだか、うれしそうだネ」

いつもこの時間、浮かない顔をしていたアタシと、身も心も満たされているこの日のアタシの違いを、Aは読み取っている。

「うん。今日ネ、いいことがあったんだ。この幸せをそのうち、おまえにも分けてあげる」

アタシはAをギュッと抱きしめながら、そう言った。

Kとのバラ色の日々、そして別れ

次の日から、アタシはＫとほとんど毎日、行動を共にした。

彼がお客の家に車を引き取りに行く時、納車の時、アタシは彼の足となった。

Ｋは、十名ほどいる営業所の中でも販売台数が毎月上位だった。知人、友人の全くいないこの横浜で新車をバンバン売り上げていくということがどんなに大変なことなのか、広島にいるＫの奥さんには想像もできないことだったにちがいない。

Ｋの奥さんがＫの生活に配慮している気配は、これっぽっちも感じられなかった。

彼は毎月の給料のうちから自分の生活費として十万円しか取らず、残りは全部送金していた。その十万円の中から社宅の家賃、光熱費、食費、ガソリン代などを捻出する。

とてもとても身の回りにはお金をかけていられなかった。彼のスーツはくたびれていた。彼の靴はくたびれていた。彼の下着もくたびれていた。アタシは、下着、靴、靴下、ネクタイ、ワイシャツ、スーツ、それらをＫに買い与えていった。

どこから見てもトップセールスマンにふさわしいいでたちに、Ｋはみるみる変身していった。

食事も、ラーメンや定食だけのＫのために、アタシはＴと同じ弁当をＫにも作った。

Ｋは、横浜スタジアムで広島カープの試合がある時は、Ａの分までチケットを用意してくれた。初めて観る生《なま》の野球にＡは小躍りして喜んだ。

文化体育館で新日本プロレスの興業があった時もそうだった。リングサイドの特等席で、アントニオ猪木、坂口征二、タイガー・ジェット・シンを見つめていたＡの目は輝いていた。

野球をはじめスポーツには全く関心のないＴを父に持ち、家で野球の中継を観るなんていうことも皆無だったＡが、Ｋを通して野球、プロレス、サッカーにと、どんどんスポーツに目覚めていく様をアタシは喜ばしく見守っていた。

五月の連休には、伊豆まで二泊三日の旅に出た。もちろん、Ａも一緒。Ｔには、保育園時代の友達家族と一緒、なんていう大ウソをついて——。

旅館でも、ホテルでも、アタシたちは、仲のいい家族連れに見えたことだろう。

生まれてこのかた、一度も家族旅行なんて経験したことのなかったＡのハシャギようは半端じゃなかった。

その後も、ＫはＡのことをまるで自分の子供のようにかわいがってくれた。

キャッチボールやサッカーの相手をしてくれた。

Ａも、実の父親であるＴよりもＫといる時のほうが楽しそうに見えた。

やがて年末になり、Kは、正月を家族と過ごすために広島へ帰っていった。

昭和五十七年一月四日。

明日から仕事始めという日、Kは横浜に帰ってきた。

それからまた、アタシとKの以前のような生活が始まった。

一月も終わりにさしかかったある日、Kは言った。

「単身赴任の任期が今月いっぱいで切れる。おまえと知り合う前は、一日も早く広島へ帰りたかったけど、今は違う。できることならこのままずっと横浜にいたい。幸いにも今の営業所の所長が本社とかけ合ってくれた。籍は本社のままで、あと三年、出向期間を延長してくれることになった。ただし、いろいろあって、手続き上、二月一日から半年間は広島の本社勤務ということになったんダ」

突然の言葉に愕然としたが、それでも精一杯の笑顔を作り、「ウン。わかった」とアタシは言った。

一月三十一日、午後六時。

「何かあったら電話してコイ!!」

別れぎわ、Kは自宅の電話番号を書いたメモをアタシの手ににぎらせ、新幹線「ひかり」の車中の人となった。

ひかりは西へ、
アタシも西へ

Ｋの顔が見たい、Ｋの声が聴きたい。

確か、土曜は休みと言っていたっけ。おお、なんと今日は、その土曜日ではないか。

気がつくと、アタシは受話器をにぎり、アタシの指はＫの自宅の番号をプッシュしていた。

ああ、どうかＫが出ますように――。

奥さんが出たらどうしよう……。

長い呼び出し音だったが、受話器を通して聞こえてきたのは、紛れもなくあの人、Ｋの声だった。

「もしもし……」

「モシモシ……」

奥さんはパート、子供たちは学校。家にはKしかいないということでアタシはホッとした。

気がついたら三時間ぐらいしゃべっていた。誰かが帰ってきたんだろう。受話器を通して犬の鳴き声が聞こえた。

「アタシ、明日そっちへ行くから。広島駅に着いたら電話する」

アタシはそう言って、電話を切った。

Kの声を聞いたら、Kとしゃべっていたら、もうダメ。ガマンできなかった。

翌日曜日。Tは早くから出かけていた。Aのことを隣の奥さんに頼み、Tには、前の会社の友達と一泊旅行に行くと書き置きをして、アタシは広島行きの新幹線「ひかり」に飛び乗った。

ああ、あと五時間半で、あの人に会える。

その時、アタシの頭の中には、アタシの心の中には、Ｔのことも、Ａのことも、何もなかった。ただただ、あるのはＫ一人。

その時のアタシは、母でもなく、妻でもなく、ただ一人の女になっていた。

あの人に会いたい。

あの人に抱かれたい。

あと一時間で広島に着くという頃、新幹線の公衆電話からＫに電話を入れた。

「アタシ。あと一時間で着く。改札口で待っていて」

まるで電報のように一方的にしゃべってアタシは受話器を置いた。

そして一時間後、とうとうアタシは広島駅のホームに立っていた。

ホームからエスカレーターで降りると改札口にＫの姿があった。アタシは人目も気にせず、まるで子供のように大きく手をふった。

別れてまだ一週間だというのに、まるで一年ぶりの再会のように、アタシたちは互いの手を取り合いながらうれしさをかくしきれなかった。

アタシたちは駅前のシティホテルへ飛び込んだ。食事のことも忘れ、シャワーを浴びるとアタシとＫはオスとメスに化した。

アタシたちは疲れ果て、いつしか深い眠りに落ちた。気がつくと、時計の針は午前一時を回っていた。

アタシはＫを起こし、服を着るよう促した。そう、今はまだ、この地でＫと一緒に朝を迎えるわけにはいかなかった。

Ｋには家庭がある。会社がある。

アタシと引き換えに、今それらをＫから奪うわけにはいかなかった。

「朝、必ず迎えに来る」

Ｋはそう言い残し、部屋を出ていった。

アタシは、窓からホテルの駐車場を見下ろした。Ｋの白いルーチェのテールランプが暗闇に消えていった。

朝の八時半きっかりにＫはやってきた。アタシたちはホテルのレストランでモーニングを食べ、チェックアウトした。

夜中の二時過ぎに帰ったＫに、奥さんが、どこで何をしていたのか執拗に問いつめてきたとＫは言った。今朝も会社へ行くフリをして出てきたと。会社には電話で、休暇の手続きをしてきたとＫは言った。平和公園、縮景園、宮島。午前中は、いわゆる名所旧跡めぐりをした。

ああ、でもアタシは今日中に、夕方四時半の新幹線「ひかり」に乗って横浜へ帰らなくちゃならない。Ｋに家庭があるように、アタシにもそれがある。今、それを捨てて、Ｋの胸に飛び込むことができたなら、どんなにいいか——。

でも、まだ今はできない。

今はまだ、機が熟していない。

アタシたちは宮島近くのレストランで昼食を済ませ、街道沿いのモーテルへ車を入れた。そして、せわしないひとときを過ごすと、広島駅へと車を走らせた。

アタシもKも黙っていた。

うつむいたアタシの目から涙が流れ手の甲に落ちた。

「泣くな。半年後には、横浜で一緒に暮らせるように、女房、子供のこともケリをつけておくから——」

Kはそう言って、涙にぬれたアタシの手をにぎりしめた。

来る時のワクワクした気持ちとは裏腹に、帰る時のこのやるせなさはなんなんだ。

横浜が近づくにつれ、アタシはどんどんネガティブになっていった。

夜十一時に家へ着いた。Ａはベッドで寝ていた。Ｔの姿はどこにもなかった。

深夜零時過ぎにＴは帰ってきた。それほど酔ってはいなかった。

もしベロベロに酔っていたら、また、なぐる蹴るの修羅場だったにちがいない。

「ご飯まだでしょ。今から支度するネ。何が食べたい？」

アタシはきわめて明るい声で言った。

「天ぷらが食いたい」

冷蔵庫からビールを出しながらＴは言った。

アタシは中華鍋に油を満たしながら黙々と天ぷらの用意をした。深夜零時過ぎに帰ってきて、天ぷらが食いたいなんて言うダンナが、日本中で何人いるというのだろうか。また、それを「ハイハイ」と言って作る奥さんがいったいいるのだろうか。アタシはそんなことを考えながら天ぷらを揚げ始めた。

揚げ始めて三十分もすると、寝室からＴの豪快ないびきが聞こえてきた。テーブルの上には、栓を抜いただけで手つかずのビールがあった。

そう、そういうヤツなんだ。Ｔというヤツは。飲む気もないくせに、食べる気もないくせに、こんな時間に、ワザと手のかかる料理をアタシに作らせることに快感を覚える、そういうヤツなんだ。

いつまでもアンタの奴隷じゃいないわ。Ｋが横浜へ帰ってくるまでのあと半年の辛抱、辛抱。

自分にそう言いきかせ、Ｔに対しては、きわめて、柔順な妻を装う日々を送っていた。

その年の五月、Ｔの実家ではアタシたちのためにいわゆる二世帯住宅を新築してくれた。

長男であるＴと所帯を持った時から、いつかはこういう日が来るだろうということは予想していた。玄関、バス、トイレ、キッチンが親世帯から独立している。近所でも評判の豪邸だった。

そこでも、アタシは良い嫁を演じていた。

それでも、Kが横浜へ帰ってくるまでの半年間にアタシは、なんだかんだと口実を作っては広島へ六回は行った。

中には、往復十二時間かけて、滞在はたったの四時間なんてこともあった。

やりとりしていた手紙は、ゆうに五十通を超えていた。この半年間で、アタシとKは、お互いこそが長い間探していたパートナーであるということを再認識していったのだった。

当然、Kの奥さんにもアタシの存在はバレた。

「離婚届には絶対ハンを押さない!!」と言う奥さんの態度に、それ以上の進展を望むことは現時点ではムリという状況のまま、Kは横浜へ帰ってきた。

子連れでスタートしたKとの同居生活

子供がいながら夫以外の男と激しい恋をする。

夫以外の男を愛した時、母親は選択を迫られる。

恋人と子供のどちらを取るかと——。

夫のところに子供を置いてくるかどうかという具体的なことではなく、心理的なことも含まれる。

男との恋に溺れれば、一時的ではあっても子供のことはおろそかになる時もあるはず。

しかし、アタシのＡへの愛は、Ｋとの愛と、みごとに正比例していた。

二人いてこそのアタシの人生なのである。Ｋと出会ってから今日まで、ＡとＫとアタシ。

三人で何度一緒に歩いたことだろう。

三人で何度一緒に食事をしたことだろう。

三人で何度一緒に笑ったことだろう。

とにかく三人で同じ空間にいるということが、三人にとって一番居心地が良いということだ。


昭和五十七年八月二十七日。

私はＡを連れて家を出た。Ｋが社宅として借りられた栄区のアパートでアタシとＫとＡ、三人の生活がスタートした。

その日の朝、Ｔが出勤した後、アタシは離婚届に署名、捺印し、テーブルの上に置き、車に積めるだけのアタシとＡの衣類やら学用品を積み込んで豪邸を後にした。

その足でＡの学校へ行き、担任に簡単に事情を話し、本来なら転校ということになるが、Ａの卒業まであと半年間、住民票はそのままにしておくので、電車での遠距離通学を認めてほしいと懇願した。

こういう日のために、というわけではないが、アタシは常日頃、担任へのつけ届けはバッチリやっていた。Ａも成績が良かったし、同年代の子供とくらべるとしっかり者ということで、担任は目をつぶってくれることに同意してくれた。

Ａの授業が終わるのを待ってＡを助手席に乗せ、アタシはとりあえず実家へ向かった。

Ｔと結婚して十年がたっていた。

アタシは、Ｔの酒グセの悪さ、アタシに対する暴力、そんな泣き言やグチを今までオフクロに言ったことはなかった。

Ｔと幸せにやっているとばかり思っていたオフクロは、腰を抜かさんばかりに驚いた。Ｋのことは言わず、とりあえずアパートを借りて、Ｔとは別居することにしたと言った。Ｔから電話があっても居場所は知らせないで、落ちついたら連絡するからと言って実家を後にした。

次の日、オフクロに電話をすると、やっぱり、夜、Ｔから電話があったと言った。

「アイツには男がいたんダ。男の女房という女から電話があった。オレは絶対、離婚なんて認めない!!」

Ｔはそう言って電話を切ったとオフクロは言った。

郵便はがき

料金受取人払郵便

新宿局承認

7553

差出有効期間
2024年1月
31日まで
（切手不要）

1 6 0-8 7 9 1

141

東京都新宿区新宿1－10－1

（株）文芸社

愛読者カード係 行

ふりがな お名前			明治　大正 昭和　平成　　年生　　歳	
ふりがな ご住所	□□□-□□□□			性別 男・女
お電話 番　号	（書籍ご注文の際に必要です）	ご職業		
E-mail				

ご購読雑誌（複数可）	ご購読新聞 新聞

最近読んでおもしろかった本や今後、とりあげてほしいテーマをお教えください。

ご自分の研究成果や経験、お考え等を出版してみたいというお気持ちはありますか。

ある　　ない　　内容・テーマ（　　　　　　　　）

現在完成した作品をお持ちですか。

ある　　ない　　ジャンル・原稿量（　　　　　　　　）

書　名			
お買上 書店	都道 府県　　　　市区 郡	書店名	書店
		ご購入日	年　　月　　日

本書をどこでお知りになりましたか?

1.書店店頭　2.知人にすすめられて　3.インターネット(サイト名　　　　)

4.DMハガキ　5.広告、記事を見て(新聞、雑誌名　　　　)

上の質問に関連して、ご購入の決め手となったのは?

1.タイトル　2.著者　3.内容　4.カバーデザイン　5.帯

その他ご自由にお書きください。

(　　　　)

本書についてのご意見、ご感想をお聞かせください。

①内容について

②カバー、タイトル、帯について

弊社Webサイトからもご意見、ご感想をお寄せいただけます。

ご協力ありがとうございました。

※お寄せいただいたご意見、ご感想は新聞広告等で匿名にて使わせていただくことがあります。

※お客様の個人情報は、小社からの連絡のみに使用します。社外に提供することは一切ありません。

■書籍のご注文は、お近くの書店または、ブックサービス(0120-29-9625)、セブンネットショッピング(http://7net.omni7.jp/)にお申し込み下さい。

Kの奥さんも離婚届にハンを押さない。Tもまた。お互いの離婚が成立しないまま、ともかくアタシたちの新生活はスタートした。

アタシたちの愛の巣となったアパートは、築二十年はたっているだろうと思われる二階建ての四世帯。部屋は六畳と四畳半の和室二間で、ユニットバスはあっても台所に湯沸かし器もなく、一口コンロだけのわびしいものだった。

アタシが捨ててきた二世帯住宅の豪邸とくらべたら月とスッポン。それでもアタシは好きな男と一緒に暮らせるというだけで満足だった。ただ、Aは子供心にどう思うだろう。自分専用の部屋もない、ベッドもない、机もない、この生活を——Tのもとにいたならば、精神的にはともかく、物質的には何不自由なく暮らせたものを――。

いけない、いけない。この先どんなことがあろうとAを不幸にしてはダメ!! 少なくとも経済面でAに不自由な思いをさせるわけにはいかない。

Kもそう。

アタシと一緒になることによって、Kに金の心配をさせるわけにはいかない。アタシも働こう。アタシがバンバン稼ぐことができたなら、アタシたち三人は、今まで以上に幸せになれる。そのためには、パートだ、事務だなんてやってられない。そう、やっぱり営業だ。セールスだ。

かくして次の日からアタシの就職活動が始まった。

Ｋは、こっちへ来る前に、家庭裁判所の調停で離婚を前提とした別居生活を送る条件として、下の子が二十歳になるまで、毎月十五万円の送金を義務づけられていた。

当時、Ｋの年収は税込で五百万円前後。その中から月々十五万円を送金してもアタシたちの暮らしがみじめにならないためには、アタシが月々、最低でも手取りで二十五万円は稼ぐ必要があった。

その条件にピッタリの職場はすぐ見つかった。中学生を対象とした高校受験用教材のセールスだった。

二十歳前後の若いお兄ちゃんセールスマン十人前後の集団の中で、三十三歳のアタシは、入社したその月から売り上げトップの数字をた

た き出した。

翌月の給料日、アタシは五十万円を手にしていた。

アタシは、Aの進路について若干方向転換を考えた。

あのままTとの暮らしを続けていたならば、Aのそれもおそらく東大へとつながる県下有数の進学校受験をめざし、あいかわらず夜中の一時過ぎまでアタシとAは机に向かう生活を続けていただろうが、Kとの暮らしが始まってから、アタシはAを進学塾から解放した。

それは、中学受験をやめたということではなく、今のこの暮らしの形態に合った学校を受験させる、つまり、志望校を変更するということだった。

Y学院は、第一志望の学校とくらべれば偏差値的にはかなり劣っていた。今のＡの偏差値なら、おそらく特待生で合格することはまちがいない。アタシはそう読んでいた。

Ｙ学院は「二十一世紀にはばたく」というスローガンのもと、アメリカへのホームステイ制度があり、帰国子女の受け入れもしていた。今ではめずらしくもないが、当時としてはかなり開けた校風だった。何よりも全寮制というのがアタシには魅力だった。

中学、高校という多感な時を、六畳と四畳半二間という自宅のアパートで過ごさせることを考えたら、まさに願ってもない好条件だった。それに、Ｙ学院は、アタシたちのアパートから車で十分という近さにあったということも、アタシにとって安心できる要素の一つだった。

昭和五十九年二月。

ＡはみごとにＹ学院に合格した。それも、特待生として——。

というわけで、授業料は免除だったので、アタシは寮費年間八十万円を負担するだけでよかった。

Ａは土曜の夕方にアパートへ帰ってきて、日曜の夕方に寮へ戻っていった。

それも最初のうちだけで、いつしかＡが帰ってくるのは夏休み、冬休みの長期の休みの時だけになっていった。土日に帰りたくても親元が遠くにあり、それができない他の寮生への心配りだ。そんなところにアタシはＡの成長を見たのだった。

Ａが帰ってきた長期の休みに、アタシたちは箱根、伊豆と毎回旅行した。アタシたちは横浜を後にする平成五年九月までの間に、三十回以上の家族旅行をした。

平成二年三月。

AはY学院を卒業した。

アタシもKもAの大学進学を望んだが、Aはイベント関係の仕事がしたいということで、東京にあるその関係の専門学校に入学したのだった。

Aは東京での一人暮らしを希望した。

専門学校の授業料は年間百二十万円。マンションの家賃年間百万円。

これらは、アタシが三年間負担することにした。他の生活費はバイトで稼ぐとAは言った。
こうしてAは、アタシたちから独立していった。

広島での会社経営、残ったのは一千万円の負債

Aが手を離れた頃、ゆくゆくはKの故郷である広島に住んで、Kの両親に親孝行の一つもしようという気持ちから、アタシたちはM社の社内報で案内されていたマンションを購入した。平成元年十一月のこと。

3LDK、七十五平方メートル、平成二年十一月完成予定、二千五百万円の代物だった。

当時、アタシの年収は八百万円を超えていたので、Kの家族への送金が年間二百万円あっても、マンションの頭金五百万円は簡単に用意できた。

平成二年十一月十五日から入居可能だったが、Kの仕事の都合でアタシたちはまだ横浜にいた。

それでも、平成二年十二月末からマンションの管理費月々二万四千円、ローンとして年間百三十万円、固定資産税年間十六万円がKの銀行口座から引き落とされていった。

平成五年八月末日。

Kの出向期間が終了したので、アタシたちは十一年間住みなれた横浜のアパートを後にした。

こうして、広島での新生活がスタートした。幸いにも、アタシが勤めていた教材会社の親会社の本社が広島だったということもあり、アタシはその教材を使用した個別指導の塾を十月に立ち上げた。

Kも平成六年一月にM社を早期退職し、塾の経営に加わり、アタシとＫは二人で一生懸命頑張った。

最初の一年は一千万円ぐらいの利益があったが、やがてバブルもはじけ、資金力の潤沢な大手塾の戦略に、アタシたちの塾の生徒数は激減し、とうとう平成十四年三月いっぱいでアタシたちは廃業に追い込まれた。

この九年間の会社の経営で、Ｋの早期退職金二千五百万円はあっという間に消えていた。

横浜で稼いだ一千五百万円のアタシの貯えも底をつこうとしていた。銀行から融資を受けた一千万円が負債として重く肩にのしかかってきた。

それから、アタシとＫは必死で職探しをした。

五十八歳のKと五十二歳のアタシ。

すぐに見つかるほど、世の中は甘くなかった。

とりあえず、夜間の二時間、時給二千円というビルの清掃のバイトを三ヵ月間やった。

現場まで高級車のセルシオで乗りつけるKとアタシを、バイト仲間のオジさん、オバさんは奇異な目で見ていた。

Kの発病、そして死

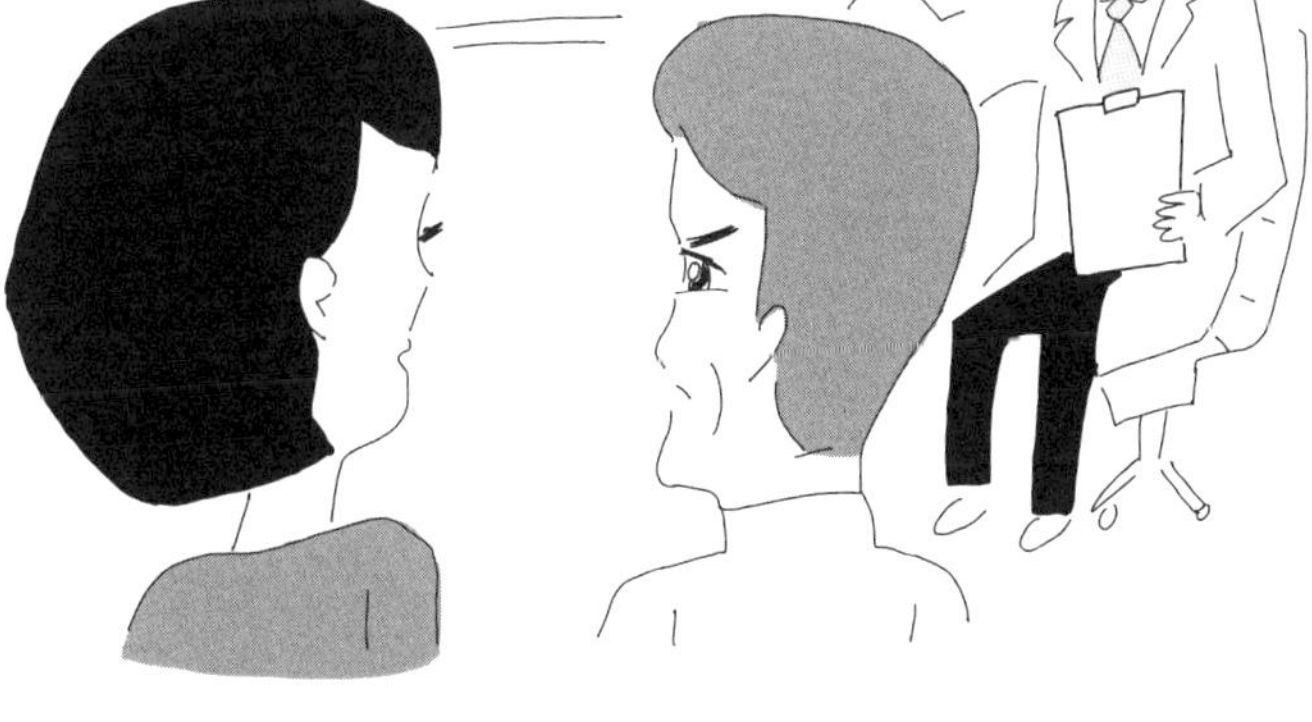

そうこうしているうちに、アタシは三十年間の営業経験を買われ、平成十四年七月、健康食品D社の訪問販売員に採用された。Kは年齢制限で採用されなかった。

その仕事は、中国地方五県（広島、山口、岡山、島根、鳥取）を車で、早朝から深夜まで、時には泊まりで飛びまわるというハードなものだった。

走行距離は一年で六万キロに達していた。そのかわり、稼げた。翌年のアタシの年収は一千万円を超えていた。ただし、ガソリン代、高速代、宿泊代など経費が月に三十万円はかかった。それでも毎月、手元に七十万円はあったので、アタシたちの暮らしはひとまず息を吹きかえした。

Kはアタシの車の運転手として、常にアタシと行動を共にしていた。そんなハードな生活をしている中、平成十四年九月二十四日、Kが運転中に気分が悪いと言い出した。しばらく休憩したところ落ちついたので、その日は早めに家へ帰った。

Kは、ソファの上で横になっていた。

次の日、「食欲がない、なんとなくダルい」と言うKを、アタシは仕事を休んで病院へ連れていった。

待合室でKの脈を測っていた看護師の顔色が変わり、Kは検査のため処置室へ入っていった。

病名は心筋梗塞だった。

胸を押さえて苦しみ、もがくといった症状があったわけではなかっただけに、Ｋもアタシも医師から告げられた病名が信じられなかったが、レントゲンで見せられた写真では、確かに心臓の血管が詰まっていた。

Ｋの入院生活は二ヵ月にわたった。

その間、アタシは中国地方五県を一人で飛びまわっていたが、どんなに遠くへ行っても泊まらずに日帰りという、さらにハードな生活を続けていた。

平成十四年十一月十一日、Ｋは退院した。

それからは二週間に一度の通院ということになった。

大事をとってKはそれ以降、アタシの仕事に同行することはなかった。

年が明けて、平成十五年四月四日。

朝から体調がすぐれないというKをアタシは病院へ連れていった。検査の結果、再入院。それでもその時は、一週間で退院できた。

その後もKの体力は日増しに落ち、七十キロあった体重は五十キロまで減っていた。

平成十六年二月二十日に三度目の入院。

平成十六年三月三十一日退院。

平成十六年十二月二十四日に四度目の入院。

平成十七年二月十八日退院。

「ご主人の病状は、これ以上悪くなることはあっても、回復することはむずかしいです。なるべく、そばにいてあげてください」

えっ、ナニ、これって、もしかして最後通告？

もう、イヤ!!　神も仏も信じられない。

アタシは奈落の底へたたきつけられたのだった。

ある日、なんの予告もなく、かけがえのない人を失う。

楽しかった思い出とか、うれしかった記憶とかを共有する人、これからの未来を一緒に作るはずだった人を、いきなり奪われる。

昨日まで自分の隣で当たり前に笑っていた人がいなくなる。

家族とか恋人なんて、ただそこにいるだけじゃなく、もうとっくに自分の一部になっている。

それを失くしちゃう。

それがどんなに辛くて、どんなに悔しいか。

遺されるアタシはどうしたらいいの……。

とにかく、医者のこの一言でアタシは仕事を辞めた。

平成十七年三月十六日。Ｋはけいれんを起こし、救急車で五度目の入院。

平成十七年三月三十一日退院。

平成十七年四月一日、高熱が下がらず六度目の入院。

平成十七年四月十八日退院。

そして、平成十七年五月二十八日。三十九・八度の高熱が下がらず、救急車で七度目の入院。

平成十四年九月から足かけ四年で七度の入退院をくり返し、急性肺炎のため、平成十七年五月三十一日午前十一時八分、Ｋはついに帰らぬ人となった。

まだ、六十一歳だった。

Ｋが死んだ。

Ｋとの生活が終わった。

Ｋと暮らした二十三年間が走馬灯のようにアタシの頭の中をかけめぐっていった。

広島での十二年間の暮らしは、二十四時間三百六十五日、いつも一緒だった。

アタシたちと同年代で、こんなに密度の濃い時間を一緒に過ごした夫婦が他にいるだろうか。子供の教育費や家のローンやらに追われ、夫婦旅行は夫の定年後に数える程度というのが普通の夫婦。

横浜での生活も含め、アタシとKは本当に数えきれないくらい旅行をした。

九州も四国も完全制覇した。あとは、トワイライトエクスプレスで北海道へ行くことだけが唯一の夢だった。

入院中、病室の窓から夕日を見ながら、トワイライトエクスプレスの車窓から日本海に沈む夕日をいつの日か見ようと楽しみにしていた

Kは、もういない。

あと何年かして、アタシの生活が落ちついたら、アタシはアンタの遺影を胸にそれに乗り、アンタと二人でその夕日を見たいと思った。

Kと知り合って二十四年。

一緒に暮らして二十三年間。

ケンカなんて一度もしなかった。

いいこと、楽しいことの連続だった。

アンタが死んで悲しいけれど、アンタが死んで淋しいけれど、アンタはアタシにたくさんの楽しい思い出を残してくれた。

アンタに会えて良かった。

アンタと暮らせて幸せだった。

ありがとう、ありがとう。

Ｋが死んだ時点でも、Ｋの離婚は成立していなかった。

役所へＫの死亡届が提出されたことによって、Ｋの家族にもＫの死亡が連絡された。Ｋの遺産相続やらなんやらで、アタシは家庭裁判所でＫの奥さんに会うことになった。

幸いにもＫは遺言書を書いてくれていたので、彼名義のマンションはアタシに遺されていた。彼名義の預貯金は、これまでの生活を物語るように残高はマイナスだった。

彼の奥さんは相続放棄の手続きをした。

これにて一件落着。

裁判所を出る時、彼女はアタシに言った。

「これまで本当にありがとうございました。下の娘が二十歳になるまでの毎月十五万円の養育費、感謝しています。本当にありがとうございました」

ああ、これであの人は、少なくとも二人の子の父親としての役割を立派に果たしてから旅立っていったのだということを、アタシはその時実感したのだった。

それでもアタシは生きている

Kが死んで七ヵ月が過ぎた。

アタシはこの広島に友人、知人と呼べるような人が誰一人いるわけじゃないのに、とりあえずはまだ広島で生きている。パチプロとして――。

アタシは別にパチンコが好きで毎日やっているわけではない。

ただ、稼ぎになるからやっているだけ。

高速代もガソリン代もかからない。むろん、年収一千万円にはほど遠い稼ぎだが、ソコソコの稼ぎになっている。

隣の人が何万円つぎ込もうが、確変で連チャン中だろうが、何箱積んでいようが、そんなことは無関心。

ただ、ひたすら自分の台に集中し、打ち続けるのみ。顔見知りと世間話をし、一緒に昼飯を食べに行くなんて、そんなことはアタシとは無関係。そう思って、ひたすら「稼ぎ」に励んでいたアタシ。

ところがどっこい、世間がアタシを放っておかなかった。

ホールへ通い始めて三ヵ月もすると、両替やトイレに立った時に常連さんが恐る恐るアタシに声をかけてくるようになった。

「お姐さん、プロでしょ。月にナンボ稼いでいるの」

「お姐さん、いつ見ても十箱以上積んでるよネ」

「アンタ、いつもメモしながら打っているけど、アレ、ナニ？」

「ワシなあ、アンタが連チャンしている時の笑顔、最高やと思っとるんヨ。イイ笑顔や」

向こうが声をかけてくるのにそれを無視するほど、アタシもヤボじゃない。

やがて、ちょっとしたお友達の輪が五十人ぐらいには広がったと思う。

一日に何度もコーヒーレディが、「アチラのお客様からです」と言ってコーヒーのオーダーを取りに来るようになった。それに全部応じていたら、とてもじゃないがアタシの身がもたない。それらはていねいにお断りしていているしだいだ。

五百円で連チャンの雨アラレ。月に百万円稼ぐのも夢じゃない。パチンコのそんな時代は、今は昔。

今日日《きょうび》の機種は連チャンの後、七百～八百回転、ヘタすりゃ一千回転で単発やら二連チャン。それが三回続いて、やっと五連チャン。つまり、「バクチ台」か「遊び台」。

客が大損するか、適当に遊ばせてくれる台が大半。

ここ半年間のアタシのデータによれば、ひどい台は、朝から一千九百八十回転。時間にして七時間半を費やして、やっとフィーバー。その後十連チャンをはさみ、閉店までねばってやっとこさ二十一箱。お金にして十一万五千円。なんとなんと、モトを取るのに十四時間も打ち続けなければならない。ああ、シンド!!

先日も朝から打っていたオバちゃんが、「水戸黄門」に二十万円つぎ込んだけど五連チャンが一回しかこなかったとボヤいていた。

それで懲りたかと思いきや、次の日もまた朝から並んでいた。

「ウルトラセブン」で一ヵ月に五十万円やられた工務店のオヤジさんも毎日来ている。

ちなみに世間一般のパチンコをしている人の九割は負けていると思う。

なのになぜやるか？

それは、好きだから。俗に言う「パチンコ依存症」。

好きな時にホールへ行き、好きな機種の空いている台へ座る。そのまま、当たりがくるまで打ち続ける人もいれば、一千円から一万円打って、次の台へ移る人もいる。

こういう打ち方をしていても、運が良ければ三ヵ月に一度ぐらいは十五箱ぐらい積むこともある。ただし、彼らがつぎ込む金は、一日三万円から十万円。当然、負けも月に十万円はくだらない。これじゃあ、パチンコ店の思うツボ。客は金がいくらあっても足りない。

ここで、アタシ流パチンコ必勝法を伝授しよう。

まず、出る台の一ヵ月のデータを取ること。新台二十台のうち、コンスタントに出る台は五台。それでもその台が毎日出るわけじゃない。ある台は三日に一度、ある台は十日に一度、それぞれの周期ごとに大爆発する。

そのデータにもとづき、「出る台で、出る時に打つ!!」。それが賢い打ち方である。

アタシはコレを体得するのに一ヵ月に五十万円投資した。そして、八十万円の「稼ぎ」。差し引きプラス三十万円。

この法則で去年の半年間で百八十万円の稼ぎ。今年に入ってからも負けなしで来ている。

新しい仕事が見つかるまで、とりあえず、これがアタシの仕事と思い、今日もお目当ての台を目指し、開店前の早朝から列の一番に並んでいるアタシです。

夫Tの死

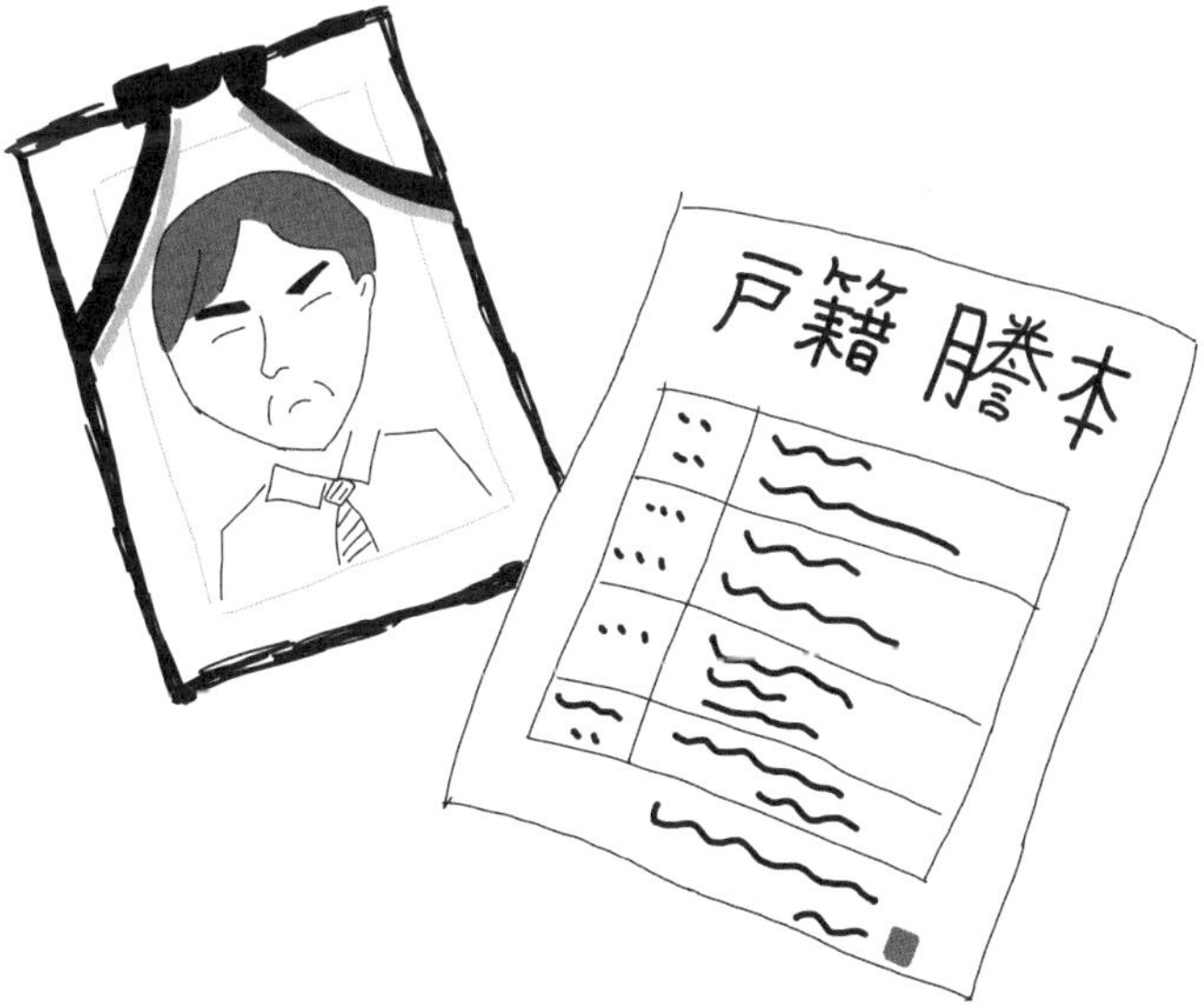

「オヤジが死んだ。直葬にするので、明日、火葬場へ来てくれ」

令和元年八月六日、Aからの電話でアタシはTの死を知った。

死因は熱中症だった。

次の日、アタシは朝イチの新幹線で横浜に向かった。

火葬場にはTの妹と弟、そしてAが待っていた。たった四人のお別れだった。

三十八年前、アタシが家を出た後、二世帯住宅でTと両親、ひきこもりの弟と暮らしていたはずだった。

その後、両親は他界し、現在、両親の居室スペースにはひきこもりの弟と出戻りの妹が住んでいるらしい。

遺骨は先祖代々のお墓に納めるという弟にまかせたものの、なんとなく気がかりだったので、アタシは小さい骨壺に分骨してもらうことにした。

翌日、アタシは役所へ行き、戸籍謄本をチェックした。

戸籍は三十八年前と変わらずアタシは「妻」のままだった。ということは、つまり、Tの遺産の法定相続人ということになる。

Tの遺産は……確か二世帯住宅の二階部分はTの名義になっていたと思う。土地は彼の父親の名義なので、父親が亡くなった時点での相続がどうなっているのか、アタシは知らない。

Tの実母は彼が三歳の時に病死していた。Tの父親はその後すぐ後妻を迎え、妹と弟が誕生していた。

遺産相続に関して、これはひと悶着ありそうだ。アタシは、それらの相続で彼の妹や弟とゴタゴタするのはごめんだった。

　これはもう、プロにまかせるに限る。さりとて、横浜に知り合いの弁護士なんていない。

　とりあえず、駅前の弁護士事務所の門をたたいた。受付は午後五時までとなっていた。時計を見ると五分前だった。

　インターフォンを押すと、中から「どうぞ」と言う女性の声が応えてくれた。

　応接室へ案内されると四十代半ばのきびきびした男性が目の前に現れた。アタシは手短にこれまでのいきさつを話した。

「故人の妹さんと弟さんが異母兄弟ということがネックになることはまちがいないと思いますがやってみましょう。お引き受けします」

力強い声で弁護士Ｓ氏は言ってくれた。

翌日から彼は動いてくれた。

そして、調査の結果、土地百坪はＴの父親名義のままということがわかった。

Ｔの株券五千万円。Ｔの預貯金六千万円。株券と預貯金は、法定相続人のアタシと息子Ａで折半。

問題は父親名義の土地の相続だった。Ｔの妹と弟は裁判所の呼び出しに一度も応じなかった。

アタシと息子Ａはゴタゴタを好まなかったので土地の相続は放棄した。

ちなみにＴの居住スペースはゴミ屋敷と化していた。

遺品整理に要した百万円は、アタシが負担した。

最愛の一人息子Aの死

「オフクロ、一緒に住もう」

令和元年十二月。

東京で一人暮らしをしていた息子Aから電話があった。幼い頃に住んでいた横浜に、父親Tの遺産の一部でマンションを購入したので同居しようと言う。

仕事に行きやすいように駅の真ん前。ベランダからは富士山、夜にはライトアップされたベイブリッジが見える理想的な物件が見つかったということだ。

翌年五月に引っ越す予定だった。再び一緒に暮らすのが楽しみだった。

ところが、世の中そうそうハッピーなことばかりは続かない。

令和二年四月三日。

Ａが勤務する会社の上司から連絡があった。

「無断欠勤しているし、電話もつながらない。心当たりはないですか」

Ａの性格上、あり得ない。

会社の人も同じ思いで、Ａが住んでいるマンションを訪ねたそうだ。

その時、Ａはしんどそうだったが二言三言はやりとりができたという。

翌日、今度は救急隊員から電話があった。

「心肺停止の状態です」

何が起こったの？　急いで上京したが、対面できたのは警察署だった。死亡診断書の死因には「不明」と記されていた。

翌日の火葬には、Aの会社の人たちが出席を希望したが、死因が不明ということは、もしかしたらコロナウイルスによるものかもしれないので遠慮してもらった。

棺の中のAの顔には化粧が施され、カサブランカの花でビッシリおおわれていた。

心もち、笑っているような表情だった。

五月に入って警察から電話があり、新型コロナウイルスに感染していたことが判明した。

ぼうぜんとしたが、アタシが住んでいた広島のマンションの売却もすでに済んでおり、引っ越さない選択肢はなかった。

Aはまだ四十八歳だった。

太く短い人生を生きた息子。

結婚し、子供に囲まれた家庭を持つといういわゆる普通の道は選ばず、自分の趣味、自分の好きなことにお金と時間を費やして生きた人生だった。

友人、知人が、子供の教育費や家のローンであくせくしているのを尻目に、やれバスケの試合だ、やれメジャーリーグの試合だ、プロレス観戦だと言っては、アメリカやメキシコまで何度も出かけていた息子。

おまえはいつも輝いていた。

そんなハッピーなおまえを見ることができたアタシもある意味、幸せだった。

ああ、でも、せめてあと二ヵ月、おまえの命があったなら、一緒に暮らせたのに……。

五月二十六日、アタシは予定通り、息子が買ったマンションに引っ越した。

息子が暮らすはずだった部屋には使われていないまっさらのベッドをそのまま置いてある。仏壇代わりのサイドボードの上には遺影と小さい骨壺をセットし、山ほどのカサブランカの花を飾り、Aの好きだったアイスコーヒーを供え、朝に夕に手を合わせている。

それでも、遺影を見るたびにたまらなくなるアタシ。

アタシがAのためにしてやれることはもう何もない。

Aが好きだった玉ネギのみじん切りを一時間も炒めたカレー、ロールキャベツ、うなぎ寿司、豚ダイコン……それらを作っても、「うまい!!」と言ってくれる人はもういない。

なんと切ないことだろう。

だけど、悲しんでばかりはいられない。

ここでアタシが悲しみに打ちひしがれて、クヨクヨしているなんて絵にならない。

後ろは振り返らない。

前を向こう。

「あんたの分まで長生きしてみせる」

アタシは心に誓ったのである。

天下の「朝日新聞」に載る!!

令和三年一月。

アタシは、一大決心というか清水の舞台から飛び降りたつもりで、愛読紙「朝日新聞」の読者投稿欄「ひととき」に応募したのであった。

それまでも「婦人公論」や女性誌に何度か応募し採用されたことはあったが、なんといってもあの天下の「朝日新聞」である。あんまり期待することもなく日々を過ごしていたある日、朝日新聞文化くらし報道部の記者と名のるA氏より電話があり、採用の旨が伝えられた。

一ヵ月の応募総数は三百件以上というすごい倍率をかいくぐり、まさに、快挙と言えるにちがいない。

それは三月二日付の朝刊に掲載された。

《息子が買った新居》

「お袋、一緒に住もう」

1年半前、東京で一人暮らしをしていた息子が、訳あって広島で一人暮らしをしていた私に言った。幼い頃住んでいた横浜にマンションを購入するので、同居しようという。昨年5月から引っ越す予定で、再び一緒に暮らすのが楽しみだった。

4月4日、息子の無断欠勤を不審に思った同僚が息子の住居を訪れ、倒れているのを発見した。「心肺停止の状態です」。受話器から救急隊員の声。何が起こったの？　死因もわからぬまま、都内で葬儀を行った。5月になり、死因は「コロナ」だと警察から連絡が来た。

それでも私は、予定通り息子が買った新居に引っ越した。息子が暮らすはずだった部屋には、使われていないベッドをそのまま置いてある。

まだ48歳だった。太く短い人生を生きた息子。私も「天涯孤独」だけど、泣きの涙でなんか暮らしていないよ。

仏壇代わりのサイドボードの上に遺影と山ほどのカサブランカの花。3LDKのリビングには、書家の紫舟が描いた「火の鳥」を飾っている。あんたの好きだったアイスコーヒーを供え、「あんたの分も長生きしてみせる」と前を向いています。

掲載されてから一週間ほどたった頃、記者のＡ氏より電話があった。書家の紫舟氏から、「ひととき」を読んで感動した、ぜひ贈りたい品があるので取り次いでほしいと申し入れがあったという。

新聞社から転送されてきたそれは、彼女の直筆の励ましの文、彼女の手になる絵皿、彼女のプロダクション製作の数々のグッズであった。

たぶん、あの投稿文の中に彼女の作品名を入れていたためであろうが、手紙や贈り物に驚いた。

アタシはすぐに彼女に礼状を送った。

それからしばらくの間、やはり「ひととき」を読んだ全国の読者の方々からの私に対する励ましの手紙が続々と新聞社から転送されてきた。

アタシは、それら全部に返事をしたためた。

四月に入ってまもなく、またまたA氏より電話があり、今年は、「ひととき」の掲載開始から七十年という節目の年に当たり、その特集を組むことになり、ぜひ、アタシにインタビューをさせてほしいということだった。

四月十四日、A氏はカメラを携えて、我が家へやってきた。

アタシのこれまでの生き方、息子Aを亡くした心境などを約二時間にわたってたっぷりと取材し、最後にAの部屋を写真に収め、A氏は我が家を後にした。

六月二十八日の朝刊にそれは掲載された。一面の三分の二のスペースにカラー写真入りで……。

その反響たるやハンパじゃなかった。

あの特集が掲載されるや、翌日から担当者のもとに、息子Ａの学生時代の友人、知人、Ａが亡くなる寸前まで親交のあった友人、床屋のマスター、食堂のおかみさん、そして三十八年前にアタシがＫと駈け落ちして以降連絡を断っていたアタシの知り合いなどから、アタシの住所や電話番号の問い合わせが続いたということだった。

新聞社としては当然、住所や電話番号は個人情報にあたるわけで、彼らの問い合わせにすぐ応じるわけにはいかず、ひとまずはアタシの許可を得てからということで知らせてきたのだった。

そう言えば、アタシはＡの現在の友人、知人などの連絡先を知らなかった。だから当然、Ａの死は誰にも知らせることなくきていた。

アタシは、担当者から彼らの連絡先を聞き、彼らに電話を入れた。

遠方に住んでいる人からはお花やお線香が届けられた。

近隣に住んでいる人たちも、ぜひお線香をあげさせてほしいということだったので、アタシは住所を教えた。

ほとんどの人が個人的に我が家を訪れ、仏壇に手を合わせ、生前のＡとの思い出話をしてくれた。

そんな中でもアタシを驚かせたのが、Ａと共に毎月のようにプロレス観戦をしていたというグループの代表からの連絡だった。

Aの訃報を知った人たちが連絡を取り合い、お線香をあげたいという人が五十人ほど集まった。コロナ禍であり、いくつかのグループに分かれて、ぜひ伺わせてほしいとのことだった。

結局、九月二十六日に彼らは二つのグループに分かれてやってきた。総勢五十名。

Aの趣味がプロレス観戦だということは知っていたが、こんなにも大勢の人たちと親交があったということにアタシは驚いた。

男女比は半々。年齢的には二十代から四十代後半。

アタシの全く知らないAの一面を、彼らはアタシに聞かせてくれた。

令和四年四月四日は、Ａの三回忌だった。

プロレス観戦仲間のうちの何人かから立派な花束が届けられた。

ステキな仲間と共にかけがえのない時間を過ごすことができて、本当に、おまえは幸せな人生を送って良かったネ。

仏壇の遺影に手を合わせ、アタシはＡに語りかけた。

また、三十八年間、不義理をしていたアタシの年上の親友Ｎは、彼女の娘とともに我が家へやってきた。彼女は八十二歳になっていた。

アタシが横浜にやってきて、まずやろうとしていたことは、彼女の消息を尋ねることだった。

年賀状の住所や電話番号をあたってみたが、彼女は何度か転居をしていたので、空振りに終わっていた。あとは調査会社に依頼するしかないと思っていた矢先だった。

聴覚にやや難はあるものの、週に三回、近所のジムに通っているということで、そこらの八十二歳とは比べものにならない元気なバアさんになっていた。

彼女とは月に一度食事を共にする仲に「復縁」した。ちなみに、この十ヵ月間で大相撲観戦が二回、二泊三日の旅行は三回行っている。

お互いに先が見えているので、できるだけ元気なうちに行ける所へ行っておきたいと、あせってアチコチ出かけまくっているアタシたちである。

「億女《オクジョ》」に成る!!

令和元年八月に夫のT、令和二年四月に息子Aと立て続けに最愛の人を亡くしたが、アタシは現在とてつもない金持ちになった。

ざっくり見積もって、株券が五千万円、預貯金が六千万円、今売ればたぶん四千万円ぐらいになるマンションという彼らの遺産がアタシに転がり込んできたのである。

今から五年ぐらい前、北海道旅行の時に夜のススキノで、あやしげな占い師のバアさんがアタシの手相を見ながら言った。

「今までの人生、波乱万丈。家族のために努力を惜しまず、懸命に働けど、あまり実にならなかったが、晩年、苦労が報われ、財を成す!!」

まさに、その「お告げ」は大当たり。

アタシ的には、それらを全部使いきってからあの世とやらに旅立ちたい。

どう転んだところでアタシの寿命は、良くてあと十年と踏んでいる。

さあ、どうする？

何に使う？

とりあえずアタシは、「国境なき医師団」への寄付を思いついた。

たった五万円だったが、生まれて初めての経験になんとなく気持ちが清々しかった。

が、しょせん、アタシは俗物。

次に思い浮かんだのは、いわゆるこの世の「ぜいたく」とされていることを一つずつやってみようということだった。

ベンツもベントレーもいらない。

ゴールドもダイヤも、すでに持っている。
そんなある日、行きつけの美容院で、ハイソな奥様向けの雑誌「家庭画報」をパラパラめくっていて、旅行案内のページにアタシの目が点になった。

「世界最高峰のラグジュアリーリゾート　アマネム」に連泊
優雅に過ごす伊勢志摩美食探訪、三日間
旅行代金は一名様六十三万八千円

二泊三日の国内旅行代金がなんと六十万円以上。
アタシは別に、伊勢志摩やら美食やらはどうでもいいが、こういうプランに参加する人種に興味津々。迷わず参加を申し込んだ。

「ぜいたく　その二」

令和二年十二月一日から十二月三日の旅だった。ちなみに、十二月二日はアタシの七十一歳の誕生日だった。

新横浜駅午前八時三十七分発の新幹線「のぞみ」グリーン車で、名古屋に午前九時五十四分着。

ちなみに参加者は、アタシの他には、年の頃七十代のご夫婦のみだった。

当初申し込み者は十名ぐらいだったが、なにしろコロナ禍もあり、キャンセルした人が多かったと添乗員さんが言っていた。

ご夫婦にはお子さんがいないので、毎年、海外旅行やら国内旅行を楽しんでいて、「家庭画報」のデラックス旅行も今回が初めてではないということだった。

名古屋からは近鉄観光特急「しまかぜ」に乗車。車内で「なだ万」のお弁当を食し、鳥羽駅下車。その後はバス。

バスと言っても、乗客は添乗員を含めたったの四人なのに、定員四十名強の、これまたデラックスバスだった。

真珠で有名なミキモト真珠島を見学し、鳥羽から志摩へと続く美しいドライブウェイ「パールロード」を走り、鳥羽の展望台を経て、世界各地でリゾートを展開する「アマン」が日本に初めてつくったリゾートホテル「アマネム」に到着。温かなおもてなしと、自然と調和するエレガントな空間での極上の休日がスタートしたのだった。
夕食は英虞《あご》湾が一望できる開放的なホテルダイニングで、伊勢海老を中心としたコース料理。
献立は次の通り。
地蛤玉地蒸し
ひと口安集ふぐ飯利久だれ
鮑・雲丹と芹の煮浸し
伊勢海老洗い
カマス・たいら貝・青利烏賊あしらい式
伊勢海老低温グリル

釜炊きトリュフ御飯
伊賀牛鋤焼・卵黄醤油漬け留椀
香の物三種盛り
デザートは
酒粕アイス蜂蜜掛け
いちご、温州、黒豆
リコッタチーズ、ミント

食材の宝庫、伊勢志摩の美味を存分に堪能した一夜だった。

二日目は、午前十時に宿を出発。

まさしく、これこそが安い旅行と優雅な旅行の違い。前者の場合は、とにかく次の日のスタート時間がやたらとせわしいったらありゃあしない。

少ない予算でなるべく多くを回ろうという旅行会社のはからいのため、今まで何度あくせくさせられたことか……。

その日は、いよいよお伊勢参り。

午前中は神宮外宮参拝。

昼食は、地元でも予約がなかなか取れないという有名なフランス料理店で鮑を堪能。午後は内宮参拝。夕方五時三十分にはアマネムに帰ってきた。

夕食は、またまたホテルダイニングで松阪牛を中心にしたコース料理。献立は次の通り。

キャビア缶詰

鮟肝奈良漬け巻き

海鮮松前漬け

伊賀牛と雲丹の巻き寿司

とろ鰆かぶら蒸し

安集ふぐ刺し

焼き白子添え

白皮湯引き

伊勢志摩の魚貝和風ブイヤベース

松阪牛炭火焼き

じゃこ菜飯のお櫃御飯
デザートは
抹茶ババロア寄せ小倉
いちご、キャラメル胡桃
栗甘露煮、黒豆

さて、これでお開きかと思いきや、なんとサプライズが待っていた。シェフがバースデーケーキをうやうやしく持ってきたのである。その日は私の七十一歳の誕生日。全く予期せぬ出来事にアタシは大いに感激したのである。

三日目はチェックアウトが午前十一時半なので、それまで、スパやホテルの敷地内、と言ってもゴルフのコースやらなんやらがあるメッチャ広大な敷地の散策などゆっくり楽しんで過ごし、お昼はサミットが開催されたことや山崎豊子原作の映画「華麗なる一族」のロケにも使われた志摩観光ホテルのレストラン「ラ・メール　ザ　クラシック」で、ホテル伝統の伊勢海老クリームスープや鮑ステーキを堪能。十七時の新幹線「のぞみ」グリーン車で帰路についた。

いやはや、全くもってラグジュアリーな二泊三日の旅だった。

「ぜいたく　その二」

ホテルニューオオタニでの、お正月プラン三泊四日（令和二年十二月三十一日から令和三年一月三日）。

まずは大みそか。

午後十時半に年越し蕎麦をいただいて十一時半からはパリの老舗「トゥールダルジャン」の世界唯一支店。フランス貴族の邸宅を思わせる店内でのカウントダウンパーティー。それは延々と夜中の二時まで続いた。

元日の朝は、新しい年の始まりにふさわしく、日本庭園の景色を望む会席料理「なだ万」でおせちをいただき、ホテル内にしつらえられた「幸福殿」へ初詣で。そこへ通じる参道には、昔なつかし飴細工、とうがらし売り、江戸玩具、縁起絵馬、針金細工の店が配置されていた。

十時からはメインロビーで、無病息災で元気に過ごせるという言い伝えのある獅子舞が催された。

十時半からは、新年の慶びを表現する祝い太鼓。勇壮な和太鼓の音色が日本庭園に響き渡っていた。

お昼は銀座「久兵衛」。カウンター越しに板さんと会話をしながら新鮮な旬のネタを堪能。

その後は、宴会場での新春浪曲ショー。アタシは十歳の時、二葉百合子の実演を観てからずっと浪曲のとりこになっていた。彼女の浪曲終演後、涙をポロポロ流していたアタシを見て、周りの大人が「まあ、この子は、こんな年で浪曲がわかるんだねえ」と感心していたのを覚えている。

夕食は「石心亭」の鉄板焼。一万坪を誇る日本庭園の自然に囲まれながら、目の前で焼き上げるぜいたくな海の幸やステーキで「ぜいたくはじめ」。

そして、その日の目玉は夜八時から、ホテル内にしつらえられた紀尾井寄席で、売り出し中の講談師神田伯山のライブ。

すっかり堪能してその日は終わった。

一月二日の朝食は料亭「千羽鶴」。現代の名工にも選ばれた料理長宮田勇氏の繊細な日本料理の世界を個室で堪能できる。

昼食までは時間があったので部屋へ戻り、テレビで恒例の箱根駅伝を見てから、全国各地で探し求めた厳選食材を使用するこだわりの麺処へ。一日数量限定の平打ち蕎麦「麺処ＮＡＫＡＪＩＭＡ」でランチをいただいた。

十三時三十分からは、由紀さおりと安田祥子の新春コンサート。

夕方は、景気の良い「ヨイショ！」の掛け声が新春に響く「もちつきショー」。その後、つきたてのもちが振る舞われた。

夕食は、多くの美食家に愛されてきた上海料理「大観苑」で「ふかひれ姿煮」をはじめとするおなじみの伝統料理の数々。

八時半からは、例の紀尾井寄席で、春風亭小朝の落語を一席。

かくして、その日は幕を閉じた。


一月三日。

さあ、いよいよホテル暮らし最後の日。

アタシは、日本庭園の眺めが随一のラウンジで、ビュッフェスタイルの朝食をゆったりと楽しんだのであった。

十時半からは、刻々と変化する世界情勢を、あのジャーナリスト池上彰氏がわかりやすく解説するということで、開催会場へ足を運んだ。

終了後、チェックアウトまでまだ時間があったので、昨日のうちに予約しておいたカラオケルームへ直行し、美空ひばりの歌を十曲ほど熱唱した。

そして午後三時、チェックアウトを済ませ、帰路についた。

なんやかやでしめて、四十五万円。

が、さすがウルトラ・スーパーホテル。顧客満足度はかなり高いことだろう。ちなみに来年の予約も入れておいた。

「ぜいたく　その三」

それは、オシャレ。

数年前から、鏡を見るたびに感じていたのが、頭のテッペンの薄毛。

加齢と言ってしまえばそれまでだが、やはり気になっていた。

そこで今回、ウィッグなるものに手を出してみることにした。

ウィッグと言っても、これまたピンキリだ。まあ十万円も出せば、それなりのものが手に入るが、アタシは「億女」。森山良子と清水ミチコのテレビコマーシャルでおなじみのアートネイチャーの最新モデルに興味を持ったのだった。

ただ、前々から、あの会社の製品は目の玉が飛び出るほど高いというのは漏れ聞いてはいた。だが、とりあえず説明会へ参加した。

小一時間ほどカウンセリングを受け、提示された金額は、なんと七十五万円。しかし、それは、単にウィッグそのものの値段ということではなく、お買い上げ後のアフターケアも含まれているということだった。

さっそく頭部の形を立体的に計測するマシーンで３Ｄ計測してもらい、オーダーメイドウィッグの製作が開始されたのである。

完成には約三ヵ月かかるということだった。引き渡し日は八月七日。

これで後頭部の悩みも解消し、ますます女っぷりが上がることまちがいなし！！

アタシの死後について

令和四年四月十二日午前四時、アタシは、今まで経験したことがない激しい痛みを左胸に感じた。本当に心臓をワシづかみされたような……。額からは大量の脂汗がしたたり落ちてきた。

これは、もしかしたら「心筋梗塞」!?

救急車を呼ぶべきかどうかを判断してくれるセンターへ電話をかけた。

係の人はアタシの話を聞き終わると言った。

「すぐ、救急車を手配します。もう少し頑張ってください」

胸の痛みはどんどん増していった。

アタシはとりあえず、入院に必要な物をバッグにつめて、玄関で救急隊員の到着を待った。

救急車は約十分後にやってきた。

マンションはオートロックなので救急隊員が来るまでは、アタシもしっかり意識を持っていなくてはダメだ。

救急隊員が玄関のドアを開けてアタシをストレッチャーに乗せてくれたところまでは覚えていたが、その後の記憶は全くない。

「急性心筋梗塞」ということでカテーテル手術を受け、アタシは十日間の入院を余儀なくされた。心臓の三本の太い血管のうち二本が詰まっていたということだった。先生の話では、あと三時間遅かったら、まちがいなくあの世へ行っていたということだった。

そんなことがあったので、アタシは考えた。人間、本当に「明日」

がわからない!!

アタシは弁護士S氏に連絡を取り、アタシの生活、療養看護及び財産の管理に関する事務を委任する「任意後見契約」及び「死後事務委任契約」のための公正証書を作成したのである。

ついでに葬儀社H社との間で生前予約も済ませた。

葬儀は無しで直葬。

棺の中には、今、仏壇に飾ってある両親の位牌、遺影、息子A、夫T、そしてKの遺影を入れてほしい旨を伝えた。

最後に、何よりも花好きだったアタシにふさわしく、カサブランカの花を棺いっぱい、これでもかというぐらい入れてほしいということも伝えた。

遺骨は、息子A、夫Tのそれと一緒に、富士山を望む相模湾に散骨してほしい旨をしっかりと伝えておいた。

ちなみに、Kの遺骨は粉末にして、三年前に「伊豆、箱根、富士山をめぐるツアー」に参加した時に(それらの地は、アタシとKとの思い出の地だったので)少しずつ散骨してきたのであった。

アタシの遺産に関しては、おそらく、数千万円はくだらないと思うが、児童養護施設退所後の子供たちの自立支援をしているNPOに寄付したいと思っている。

あとがき

はじめに、本書を手に取り、アタシの自伝を読んでくださった方々に心から御礼を申し上げます。

そもそも「自伝」なるものとは、世間的に功なり名なりを成した人だけが書いてしかるべきものと解釈している身といたしましては、今回の出版にいささかの抵抗はあるものの、そこは「自費出版」ということでお赦し願えればと思います。

アタシは、これを機に作家デビューしようと思っている訳じゃない。ましてやベストセラーなどねらっている訳でもない。

たとえ、一冊しか売れなかったとしても、書店でこの本を手に取り、中身をパラパラとめくり、何かがその人のハートを動かし、購入して読んでくださった方々に、アタシのパワーを分け与えることができたなら、どんなにうれしいことでしょう。

何はともあれ、今回の出版にあたり、書籍化をすすめてくださった文芸社の阿部俊孝さん、編集を担当してくださった伊藤ミワさん、ステキなイラストを提供してくださった平松昭子さんに、この場を借りてお礼を申し上げます。

感謝の気持ちでいっぱいです。

限られた人生。

決して後ろは振り返らない。

アタシはこれからも前を見つめて、今に臨んで歩いていきたいと思っています。

令和四年師走二日
七十三回目の誕生日の夜に

原　なつ美

著者プロフィール

原 なつ美（はら なつみ）

1949年、東京都生まれ
現在、横浜市在住

そこのけ、そこのけ、アタシが通る!!

2023年5月16日 初版第1刷発行

著 者 原 なつ美
発行者 瓜谷 綱延
発行所 株式会社文芸社
〒160-0022 東京都新宿区新宿1－10－1
電話 03-5369-3060（代表）
03-5369-2299（販売）

印刷所 図書印刷株式会社

ISBN978-4-286-30011-5